王 芳 ◎ 著

NI HUSONG WO DAO CHUNTIAN

到春天 你护送我

时代出版传媒股份有限公司
安徽文艺出版社

图书在版编目（ＣＩＰ）数据

你护送我到春天/王芳著. —合肥：安徽文艺出版社,2019.4
（2022.7 重印）
ISBN 978-7-5396-6349-4

Ⅰ. ①你… Ⅱ. ①王… Ⅲ. ①诗集－中国－当代
Ⅳ. ①I227

中国版本图书馆 CIP 数据核字(2018)第 091291 号

出 版 人：姚 巍
责任编辑：宋晓津　　　　　　　　装帧设计：褚 琦
....
出版发行　安徽文艺出版社　　www.awpub.com
地　　址：合肥市翡翠路 1118 号　邮政编码：230071
营 销 部：(0551)63533889
印　　制：山东百润本色印刷有限公司　(0635)3962683
....
开本：880×1230　1/32　印张：9.125　字数：150 千字
版次：2019 年 4 月第 1 版
印次：2022 年 7 月第 2 次印刷
定价：59.80 元
....
（如发现印装质量问题，影响阅读，请与出版社联系调换）

醒：花开的觉识（自序）

是这样一朵花
它静默地开了
也许花开得有点迟

　　我从小是个不爱说话，不爱甜甜叫人的女孩，但是我有一双聪慧的眼睛。爸爸在我眼里最严厉，我总是暗暗地注意他，但凡他干活时手头上需要个什么东西，不用示意，我都会拿到他跟前去。妈妈是我小时候的数学老师，最懂我。她会说："这孩子，只要她懂了，就不会忘记。"可是我总是要花很长时间去懂，而妈妈永远是那个微笑着等着我懂的人。可巧的是，如今在我家楼下，邻居小女孩也不爱开口叫人，每次遇见时她爸妈都向我表示歉意，可我一点儿也不介意，我知道，她和我小时候一样啊！如果我等，我相信一定会等到女孩的沉默如花开的。小女孩就是曾经的我，我就是长大后的小女孩。
　　醒，或许正如一朵花儿，静默又自然地开放。醒或许还需要一个时间的机缘，某个时间会让一颗沉睡的心灵突然间打开，睁开她看世界的眼睛。醒也正代表着一种觉识，一种进入清醒状态的过程。而觉醒之后我们更需要的是站立和前行，在大千世界，茫茫人海中，我们的存在缘于我们与世界千丝万缕的联系。如果说人的自然醒在黎明与黑夜断裂之处降临，那么我的觉醒是源于我生命中最亲密关系的断裂。是家庭变故让我重新关注和审视我与这个世界的一切关系，以及我在这层层关系中的处境。当我开始用文字把这些处境带给我的情绪感受和思考记录下来，便形成了一首首诗。而我也因此学会在所有关系中保持清醒的距离，用以安顿一颗落单之后无所依傍的心灵。

可以说我是被震醒的。如果不是在我人生四十岁的时候，母亲父亲相继离世，我也许不会去打开深藏内心的情感闸门，走上漫漫的心灵求索之路。现在想来，人们有时候幸福着却处于睡眠状态，并不自觉也不自知。就像我，父亲母亲的双手呵护了我四十个春秋，我就理所当然天真地以为他们可以一直陪我到永远。辛笛先生不是有诗云"合掌唯有大千的赞叹"吗？我以为那合起来的手掌正像我头顶上的树叶，那树叶之上还有蓝天呢。然而当树上最后两片叶子也相继落尽，我才猛然惊醒，原来树叶之上没有天，那一刻，我的天空塌陷。短短三年（2010 年 9 月~2013 年 12 月），父母亲双双离世，我一下子由无忧无虑的幸福陷入了不知所措的情绪困顿之中，生命中这一层最亲密的关系断裂，让我的世界顷刻间失衡，就仿佛突然间置身于一块空地，想伸出手去求援，可是要把手伸向谁呢，却不能确定。因为伸向谁或许都是一个错误，都没有爸妈那么值得信任，都没有爸妈那么安全和可靠。但是同时我不得不清醒：从此我要顶天立地，不能再无忧无虑了。在此后每个季节，无数个安静的夜晚，我因思念他们而伤心，我搜罗曾经的记忆来温暖自己，我开始思考生死问题，我经历并完成了一次从丧亲之痛到情感出浴的艰难过程。同时我也开始思考和重新确立与我生命相联的一切亲情关系：母子、夫妻、姐妹等等，诗集中"生命之悟"便是我最为珍视的这段情感历程的记录。

一切源于断裂的痛苦，一切又得感谢新的关系建立。从小我就常一个人在野地里拾柴、扑蝴蝶、看蚂蚁搬家，自然早已是我熟悉又遗忘了的朋友，如今在父母离世的日子里茫然四顾，自然又回来成为我最知心的朋友了。在春天，在雨季，在夏日的午后，在秋风里，在冬季，我记录下时序变化带给我每一个细微的感受和思考，而点滴的记录又让时间的脚步不会走得那么悄无声息。诗集中"时序之感"是我与自然相处的最好记录。

一切源于断裂，而断裂也是成就。孤单的我必须去独立面对社会，去经历冷暖世间，来安顿自己的人生。一颗易受伤、常常彷徨于无定的灵魂，也是一颗执着于思索，不断探寻事物本真和未来的灵魂。我以女性视角探讨现代社会女人与世界，女人与男人的关系。我以个体视角探讨个人与国家，个人与历史，个人与社会的关系。我记录每一次被挤压的经历，记录每一次社会风潮过后的镇定，以及每一次坚定自己的艰难过程。我通过阅读丰富自己，我写诗的读后感，写电影的观后感，写音乐的听后感，我思考着诗与艺术……我记录下一个看似渺小的现代女性在现代社会的"现代之思"。

我，同时还是一名"九叶诗派"诗歌的研究者，我书写的另一初衷是为了更好地走进"九叶"诗人们的诗歌世界并去探析他们的艺术追求和艺术之美。2014 年 8 月我有幸去往英国寻访诗人辛笛的异域创作之旅,回来之后仿佛有诗人在天之灵的召示,从此开启了我的诗歌书写之旅。关于诗与写诗,我的体会是,对一个写作者来说,写诗是一种非写不足以抒发情绪的表达方式,所以每一位真诚的表达者及其作品都应该拥有同等被尊重的权利。然而我又深知诗是艺术,对于追求诗歌艺术的创作者来说,到底"什么是诗",在每一位创作者的观念里都有着自己的样子。也许深受辛笛先生诗学观影响,我也认为诗不需要写很长。而每一首短诗的书写,无论是感受或是思考,要尽量去捕捉那和感觉和思想相通的意象呈现,力求情感的真切和意象的忠实。对于全诗来说,则应为一段情绪节奏的完整体现。

我是一个初写者,收在这本集子里的诗时间跨度为 2014 年 2 月到 2017 年 12 月,想借用沈从文先生的说法,都是我的习作,它们朴素但是真诚,我知道它更多的意义或许只在于个人,但我还是双手合十期待着您说:原来还有一朵花,在这里……

它静默地开着

只因为存在

2018.7.25 于西子湖畔

目　录

第二辑　生命之悟

第一辑　时序之感

四月的风
它吹聚又吹散的
是时序的花瓣

——《澄·明》

立春

鸡在原野的上空
打鸣了
原野依然沉寂
村落里炊烟迟迟不肯升起
人们想再休息一会儿
在忙碌了一年之后的
某一个清晨
这一次你没有因此
来考验你的耐心
太阳还没有出来
在稍嫌暗黑的灶屋里
你分明听见了
窸窸窣窣准备烧饭的声音
而一切都仿佛还在睡的样子

城市里没有鸡打鸣
但天依旧黑的时候
有人摸黑起身了
准备了热气腾腾的早饭

将一个个熟睡的人唤醒
先生起身后告诉我
今天立春
而我却恍然有悟
可不
我仿佛看见了立春的过程
一声鸡啼的序曲
一缕炊烟的伴奏
和一双手的衬托

2017 年 2 月 3 日

春天的蜜月之后

山野的金铃子
　　叫起的时候
春天度完了它的蜜月
蜜蜂开始无休止地
　　发出单调的声音
在花丛中飞来飞去
花儿们仿佛已经开始厌倦
这样的午后生活
一切不再新鲜了
在最初的热情兴奋过后
一切需要经历成熟前
一段不短的
无聊但须忍耐的时间

意兴阑珊时
往往恰在春意阑珊处
其实和其时
或许正是婚后
最安稳静谧的一段时光

漫山遍野

金铃子的叫声响起

蜜蜂"嗡嗡嗡"

　　叫在花丛中……

　　　　　　　　　　2017 年 4 月 7 日

澄·明

三月花开
　　四月鹅黄
春天雨意的朦胧里
有小鸟快活的啁啾与呢喃
你的悲伤
她终于累了
你看着她一点一点沉淀
翻转翻转再翻转
一点一点的沉淀
你情绪还是意志的方向
哦,都不是
是时间
时间让你看见澄明
它在一点一点地漾开
心很静很深很轻很淡

四月的风
它吹聚又吹散的

是时序的花瓣

2016 年 4 月 6 日

春·霾

春天里小鸟飞
可我看不清
它的翅膀
春天里花儿开
可我呼吸的
不是花香是尘霾

曾几何时
我们赞美摩天大楼在
蓝天下矗立
如今你想诅咒
那是人类的野蛮一幢幢
插入地球
当汽车的尾气
变成脂粉涂在每个人脸上
人们的笑
拥有了死亡一样的神秘

我想起这个春天

你曾牵起我的手
我们一起走在风里雨里
为什么这个春天
我翘首
却看不到希望的尽头

欣喜着你的欣喜
如果你以为
可以
在春天里……

2016 年 3 月 19 日

从春和景明到初夏微醺

清明是一个季节
也是你眼中的景致
从清冷中来
一切都恢复得明明白白
这感觉随着时日的继续
便有了一些浪漫过后的微醺
繁花落尽绿叶登场
却还带着初生的羞怯
和羞怯的朦胧意
那泛着鹅黄的嫩绿
会让你想起雏鸭的嘴巴吗
那蓬松的绿叶间点缀的水红颜色
会不会让你想起少女的脸
你无法阻止
它将遮天蔽日
正如你无法阻止
嬉戏其中鸟雀的欢喜
当然
我也无法阻止我

一双看绿的眼睛

初夏微醺……

2015 年 4 月 19 日

透过春天的风看你

你　在近乎春日的暖阳里
绽放
你　在已是春雨的淅沥声中
努力生长
你　在不期然又回来的早春寒里
迎风招展
你　不悲不喜不怨
透过春天的风看你
我知道
生命从来就是
只要活着
就要生长
听到风的消息
便准备着绿满天涯
无论阳光　风雨和春寒

2015 年 3 月 4 日

013

雏鸟的鸣声

一而再春寒的时候
你或许正在妈妈的羽翼下
安静地等待
如今春风过了
春雨下了
花儿开了又落了
绿叶长成还未婆娑
从细碎的枝叶里
传来你的鸣声
与妈妈沉稳
婉转如水的声音不同
你的鸣声稚弱　急促
带着初来乍到的欢喜
天放晴了
拉开了蓝色的大幕
地温暖地笑着
敞开了它的胸怀
我亦想伸出双手
接纳你

生命的使者

2015 年 4 月 16 日

吹生

当你吹灭蜡烛
让你的心在黑暗里安静
我不想说你无理
当秋天的风席卷着落叶
送它们去铺大地的温床
我不想说秋风无情
今天　当春三月的风
似乎改了它往日的性情
如一双粗暴的手
从树颠压顶下来
扇落了树上的繁花
狂扫树上残留的叶
让它们在地面打着卷儿
无所适从的时候
你没有愣住
因为你确信
这正是生命成长的需要

好一个春风呼啸

2017 年 3 月 27 日

它叫紫云英

捧起它
捧出我儿时的记忆
春天的三四月
长满田野的它们
在春风里
就那么摇曳着
然后春耕来的时候
随着犁铧
　　没入水里
只在远处闪烁着
两三点猩红
点缀记忆

2017 年 4 月 2 日

寻花·问柳

看见落英缤纷
便徒增伤悲
你没看见
树已经长出了叶子
看见柳条绿了
你便为红枫着急
责怪它缩手缩脚的
还不快紧跟春天的步伐
先生说
你看花不要被花俘了去
要看花的精神
哦,花的精神
我看见了
是自然

2017 年 3 月 23 日

致布谷鸟

听你的声音曾在四月的春深
听你的声音或在夜雨的黎明
但我从来没有见过你
听先生说过当年在异乡异地
听见你叫着说"归去 归去"
便招邀起他心中的故国情
我还知道传说中盛名的望帝
也曾把他的春心托付与你
我至今没有见过你
我只听见你的声音
这会儿又从都市的远方传来
一声声地
仿佛叫着彷徨于无地
先生最终听从了你的劝告
回到了故国安了心
但是望帝的托付你带到了吗
却成了千古之谜
你的声音告诉我
有一种声音叫啼声

如果知了们的叫声
是每个夏天的主角
或许
你愿意　愿意做一处
永远停留在远方的背景

2015 年 7 月 23 日

注:诗中"先生"为"九叶诗人"辛笛。

看蚂蚁搬家

为了躲避雨水
在找到新家之前
你们也是很辛苦的吧
虽然　我与你们的偶遇
只一瞬间
你们终于搬家了
急促的有条不紊的步伐
你们有大队人马
一起出发
那会儿
沙漠里风沙中的驼队重影
是那遥远的渺小
是这眼前的壮观
我喜欢蚂蚁搬家
从小时候起
不管家有多大
找到了路
就一定要把它搬完

搬到

2015 年 2 月 26 日

梨花带雨纷飞下

梨花带雨的姑娘

你的肤色一定白皙

梨花带雨的姑娘

你的心地一定柔软

是什么风雨

打湿了你的衣裳

泪湿了你的脸庞

让柔弱的你的泪花儿

如同纷飞的梨花雨落下

零落在地白色的它

或许被践踏

或许雨水还将继续带走它

它也就无声默默地走

不再说一句话

姑娘

收回你无奈的手

看一眼傲立在枝头的梨花

那里　每一滴雨的打击

已经不能撼动

她的隐忍和坚强

是这又一场风雨的浸润

让她知道什么是放下

2015 年 8 月 3

柳溪·青楼

柳溪江边
矗立着一座青楼
青楼
聚拢的是女子
青春的欢娱吗
和一个多情的水手
青楼
是否也曾留下
无数暗夜里
落寞的辰光在窗口

溪水长流
青楼早已斑驳了颜色
留记忆的想象
在每一个想象里丰富色彩
此时此刻的我
倒愿意逢着一位
青楼姑娘
听她讲青楼的故事

在一个回不去的现代

坐在柳溪江畔

2016 年 1 月 31 日

我爱您脸上的皱纹如阡陌

这一刻
我看您挥锄落地
杂草铲除了
碧绿的菜叶肥硕
辛苦劳作收获的欣喜
让您脸上的皱纹如阡陌
延伸　延伸到地垄尽头
在夕阳没尽之后
　　　展开的是夜的温柔
又如江南婉转的流水
流转　流转
到明天又是今天的续曲
你们的生活原本单纯
就是日落而息　日出而作
阡陌一定相伴着流水
流水一定围绕着阡陌
而您的脸
　　　就是您的生活

这一刻
我不想说您脸上的皱纹
是岁月的印痕如刀刻
诉说着沧桑的历史生活
我想握您亲切的手
我想说
我爱您脸上的皱纹如阡陌

2017 年 3 月 18 日

初夏·雨

如期
初夏的雨光临
漫天的雨急急地落下
仿佛知道我等的不是它
径自赶着去赴自己
早已定好的约会似的
可不
谷雨季节到了
昨天我听见布谷鸟又在催了
这场雨过
布谷鸟的叫声会柔和很多
春耕的田里一定白亮亮一片了
那穿蓑衣的农人开始忙碌
衔着泥的春燕上下翻飞
不久就会绿树村边合了
想起幼年春耕时的一幕
心中不禁又升起
家的向往
雨有颜色的话

一定是绿色的

2015 年 5 月 2 日

五月我们又相遇

来年　五月
我又看见你了
亭亭地站立在山路边
青青的竹节向上
在没到蓝天的地方
和还没舒展开来的竹叶一起
和着下山来的风向我招着手
是欢迎我的到来吗
只那么轻柔的一下触碰
止住了我漫无目的脚步
停下来静静地看你
我猜想你为了这一刻的相遇
是不是在去年冬至的时候
就在大地母亲的怀里播下了种子
就开始默默地在土地里
在黑暗中努力往上再往上
终于在春来的某一天
用了很大的力气破土而出
在春雨浸润的无数个夜晚

你依旧还像在土地里一样

继续向上生长

你　或许并不知道你的方向

你　只是坚定地向上

你就这样

抽出了第一节

抽出了第二节

抽出了一节一节成躯干

又抽出了片片的叶子成秀发

可是你也不知道你的模样吧

直到五月的这一天我与你相遇

让我来告诉你

告诉你

你的坚定　你的修长

你的青涩　你的妩媚

还有和你相遇

我的欣喜

2015 年 5 月 28 日

端午·等

是五月的天气
像浸湿了的粽叶
一叶叶粘连在一起
又像新鲜的粽子
迟迟等不到出锅的前夕
孩子们
沙地上玩着小石子
鼻翼却受着粽香的牵引
茉莉花开了
花香送来无奈等待中的
悠悠慰藉
想白色的米和红色的豆
在母亲翻飞的手
和一咬牙的凝定里
变成一个个绿色玲珑的三角形
小小的心灵
就不禁跟着惊奇和欣喜
于是在飘满香气的小屋里

等待变成了甜蜜……

2016 年 6 月 8 日

江南·梅雨季

这是个非干爽
　　不足以心静的季节
雨有时候来得犀利
有时候也太过缠绵
　　丝毫没有果断的退意
不要期待它将会
　　带给你清凉的感觉
雨水和雨中热的空气
　　正在完成一个孕育
它孕育出绛紫色的
　　叫"杨梅"的果子
它也孕育了一切
　　阴暗角落里的霉菌
当然　它也可能孕育出一段
　　属于未来的温馨
这个季节需要梳理
收拾好贮藏在冬日的思绪
如同洗净放好一件件冬衣
收拾出洁净的单衣

准备在每个清晨轻松地出行
但是
在这江南梅雨的季节里
或许更需要孕育和梳理的
是我们有些疲倦的耐心
尽管我们的耐心
等来的是炎热夏天
我也还是想跟这多雨的季节
告别

2015 年 6 月 4 日

精灵与暗影

当漫天的雨
已经忘了它曾经的轻灵
我不期待你
逢着一位油纸伞姑娘

当漫天的雨
已经变成一重重云山
我不再把你相望
去感受雨的轻寒和无奈

漫天的雨
在这个季节
你诅咒它从生命的精灵
变成生命的暗影
但或许它
只遵循自己的轨迹
而你
也不过想让它跟随你

何不心意两相随

如此相安无事……

2016 年 5 月 25 日

海边的山脊

不知道从什么时候起
我已经不相信
"海的女儿"的故事
而那一半是海水
一半是火焰的热烈
我也以为只属于富有激情的人
面对海
我会选择潮来我轻轻退却
这一天
我看见了海边的山脊
风阵阵吹来
并不是掀起它的盖头
而是吹光了它的覆盖
让它露出牛一样坚实的后背
而它裸露出的山脊
竟现出龙的模样
海风中
我久久地看着　径自无语
我想我不用去寻找它的脸

我只知道它
没有选择后退

2015 年 7 月 12 日

夜·海边

夜幕已经拉好
微光返照的海滩
海浪退场
这片场的小憩
观众似无所期待
但是　来了
他们佝偻着背
挽着彼此的手
健朗而不是蹒跚地
走来了　走远
海浪屏住了呼吸
月光为他们照亮
从来
拉开大幕的舞台
总是明亮多于黑暗
而此刻
你或者我
看到的是黑暗里的温暖
是两位老人

或相携一生
走过的想象
走过清晨与夕阳
走过月光与海滩

2015 年 2 月 13 日

与海

我喜欢你
在夜来的时候
款款地走来
抚摸着沙滩
亲吻着礁岸
那一刻
我想伸出我的脚
追赶你的浪
然而你不总是这样温柔的
你像发怒的小狮子一样汹涌
撞击而来
呼啸而去的时候
我却不想你
带我去远方
今夜
我依着你的胸膛
渐渐地移开我的脚步
向岸上

2015 年 2 月 6 日

听海

是晨起我看见的你
微带倦意的眼睛
仿佛还留着夜的甜蜜
我没去想你
昨夜是否经历过狂风
或是暴雨
是的
新的一天又将开启
如果有和无注定是一体
你还有什么可以畏惧
如果一切名乃非名
你将站在哪里
我就站在这里
听海
与我的感觉在一起

2017 年 2 月 24 日

蓝天之指

第一次步入教堂
才真正懂
一种仰望　一种信仰
君不见
那教堂的顶直指苍穹
如今我来到这东方佛国
只见
那佛寺的塔顶亦指向蓝天
那一刻
我似乎明白
东海西海　心理攸同
高与天齐的梦想
但似乎还有句话说
你得到了天空
便可能失去土地
故此
直指只不过是
人类向住彼岸努力的象征

2015 年 2 月 4 日

一柄荷箭

知了
在夏天的黑夜和白天
布置了密织的枪林弹雨
它刺穿的
不是你的身体
是你心灵的墙壁
你的耐心常常被五更疏欲断的
它们的声音迷惑
你的觉醒在太阳光临那一刻
又猛然被提起
你的意识顿时整编进一个
再度掀起的热浪
甚至来不及躲避
声音
一浪高过一浪地奏起
你的意识跟随着热浪荡漾
又在热浪的尽头迷失

在有幸又偶尔的瞬间

你瞥见水中的一柄荷箭
你觉得
那仿佛是上帝送来的道具
说时迟那时快
你紧握住它
插在你的耳边
然后就
听凭那一浪高过一浪的声音
去追赶蓝天

你笑了在河边
手握一柄荷箭
在七月流火的风里
在七月流动的水里
你终于释然
手握着一柄荷箭
……

2017 年 7 月 21 日

三棵枣树

乡间夏季无望的日子
太阳无尽地晒着
知了无尽地叫着
人们无尽地忙着
是家门口的三棵枣树
带给我们无望日子里的欢喜
打枣人上树了
我们用耳朵等着竹竿那一声
又一声清脆的拍击声
等着一颗颗泛着青黄圆润的枣儿
从头顶铺天盖地散落下
跟随着的就是左邻右舍的小伙伴们
坎上坎下　翻上跳下
抢枣儿捡枣儿的身影
我也惊异我身体里的野性
我居然分毫不差他们
我们收获了
满头满身的汗　黢黑黢黑的手
最重要的　沉沉两口袋的战利品

我们一个一个摩挲干净了
却不舍得吃
我们在那一天下午支起了炉子
煮熟了满满一锅子
在晚饭后的夏夜里
边数着星星
边一颗一颗地放进嘴里
是那种新鲜的香甜
在嘴里　也飘到夜空里
于是一个季节的无望
不知不觉就遗忘在那个夜里
连同那个夏天

2015 年 9 月 14 日

九月·初秋

江南九月的秋意
如同曾经流转门前的水
并不急着向前流去
就那么浸润着　看似平静
它常常会在夜幕拉开之后
和清朗的月光一起光临
又常常在清晨的薄雾撩开之前
邀约某一处新开的早桂
准备好新鲜的呼吸
在某一条路上迎接着你
你愿意　你是那么愿意
把你的思绪　你的身体
委身于她
和她静静地坐在一起
就那么一直坐着　坐着
等候月落的黄昏

2015 年 9 月 3 日

九月的红砖房

九月
红砖房前的白桦树开始多话
他说秋风要来了
太阳要去旅行了
他说树们正在筹划一场艺术展览

九月
疲倦的红砖房依旧不说话
她放在膝盖上的手
又向下探了几分
我不忍心去看她的发
太阳温和了脾气守在她身旁
早来的秋风在她耳边说着笑话
红砖房定格了她的皱纹
在九月的风里
在九月的暖阳里
在我懂了的她的沉默里

2017 年 8 月 18 日

收获季

九月的风温柔
也挟带着风干的暴力
天空将逐步被清扫干净
成为一个季节的舞台
树木花草被注入了镇静剂
像一个临盆的待产妇
安静的却也显呆滞的
在等待一个收割季
生命的阵痛
泛开去成了无边的涟漪
积蓄在不可预期的酝酿中
等待一个巨浪跃上
可望但还不可即的崖岸
那里准备着收获的狂欢盛宴
空置的杯盘
只等着一个个被摘取的瓜果
来奉献生命
但此刻
九月温柔的风

伴随生命在阵痛的涟漪里
等待　忍耐　等待　忍耐
期望一个暴力掀起巨浪
将一切结束
只有酒只有狂欢……

　　　　　　　　　　　　2017 年 9 月 19 日

一花一世界

就这样
小小的　　开放了
就这样
安静地　　开放了
在满眼的绿意
开始疲倦的时候
伸出了手
托住了一个褪色的世界

2015 年 9 月 4 日

菊花黄

这是一个金黄的季节
在八月桂花的香气飘远以后
先是金黄的稻穗
再是金黄的树叶
一切都似乎要在金黄的时节里
谢幕的时候
菊花悄然地　黄了
黄了却不是要谢了
而恰恰是盛开
我尤钟爱菊花的黄
不仅仅是小时候开遍山野的
小小的黄色记忆
我钟爱菊花的黄
是因为我的父亲也爱它
种植它　养护它
视它为生命的知音
如今　菊花在我
是如同一方系挂枝头的黄手帕
无论在秋的　冬的风里

它的静默里
有它的等待
　　有它的呼唤

2015 年 11 月 23 日

一只秋天的蚊子

这只秋天的蚊子
飞越了一整个夏季吗
还是出生得太迟
这会儿屋外冬天的风
赶走了秋天的风的时候
在我的台灯下
它踉踉跄跄地飞着
飞起寻找光的温暖
落下伸展不起自己的脚
再飞起停在光的墙壁上
你是要同情它的弱小
还是轻轻地结束它的生命
一只秋天的蚊子
它有自己的轨迹
它享有片刻生命的美丽
在我眼里

2015 年 10 月 27 日

冷·香

冷风吹来
不承想
又吹来你的香
清冷的空气里清淡的香
我想起
满城尽是桂花香的时候
那让所有人沉醉的熏香
我其实并不太喜欢
那是靠夏日的余温催放
这是听凭秋雨
一次再一次地吹打
在所有人准备期待
来年花香的时候
悄悄地开放
不肆意　不张扬
紧紧地守护着花骨朵
在阳光里绽开静静的微笑
我喜欢这

一缕淡远的香

2015 年 10 月 11 日

秋风吹过心田

秋风吹过心田的时候
有一点儿馨凉吗
那会儿你愿意握它的手
然后你看见它
扫过茂密的树叶
叶子们不情愿地低下头
你就会想到它是
西伯利亚寒流的先遣军
它需要你从春天开始积攒的
热情的迎接
它会让你心田里收获的
麦秸的温暖褪色
或许还会留下千疮百孔
于是
当秋风吹过心田
就随它吹乱你的发吧
而风中坚毅的你的脸
在说
你热情的方向

不会为季节的风所改变

安静的

你的脸仿佛在睡

2015 年 10 月 2 日

岛·月光·女人的手

在男人离开的岛上
女人背起了水囊
她的双手紧握着胸前搭扣
一步一步朝海边走

没有男人的岛
女人要靠自己的双手
一双也曾纤弱无力的手
一双也曾缱绻缠绵的手
在舒展的爱情的夜之后
她身体里需要　需要
生长一种力　一种独立

或许有一天
牵起小手的那双手
在一双天真的眼里
温暖有力的母亲的手
仿佛永远
只是云淡风轻夜晚里的温柔

而从未想象过
她曾经历过的风雨

云淡风轻的月夜
生命的体会沉浸在
生命的成长里
一双手的抚慰
　　只默默无语

2016 年 1 月 11 日

路过他乡

红砖的墙角
湿湿的　有黑色的苔莓生长
你可以想象它经历的风霜
而其时　风正在原野上奔跑
绿草们齐齐地整理好鬓发
听命于风的咆哮
仿佛要席卷天涯
路边这一处农舍前的花草
也在风里摇着
但仿佛只是微笑
它们似乎无意出走
而把这块土地放下
天空很蓝
有那么一会儿
我并不喜欢它
因为它是那么冷漠地看着
却不说一句话
我还将在风中赶路
我不担心绿草的芳踪

我只想农舍和花草

在大风过后

依然静静地守候着它们的家

2015 年 7 月 29 日

秋林

秋林
一个多么沧桑的名字啊
被岁月吹干的脸庞
干瘦搭配着同样
灰遢遢的衣裳
也不知道穿了多少年没换

秋林其实很美
并不像我记忆中一个人的模样
黄色的叶子是主旋律
明晃晃地闪着光
太阳为它抹上了暖色
红色的叶子于是踊跃做了火焰
你第一次感谢秋风
它为红红黄黄的叶儿们
谱了"沙沙沙"的曲子
编排了不同节奏的舞蹈
就那么翩翩起着舞
在一年最适当的时候落下

拉开深秋的帷幕……

2017 年 11 月 13 日

青青河边草

我不喜欢它
是因为那个秋天向晚的时候
我穿着妈妈给我做的一件衬衫
白色的底子
上面缀满了粉红色米粒似的碎花
我喜欢刚脱下不久
那条夏天穿的水红色大花裙子
花蕊是明亮的黄
这小碎花怪不起眼的
根本抵挡不了向晚的风
在我小小的心里
掀起的莫名的惆怅

我喜欢它
是因为这个秋天
我看见了真正的它
它原来是长在河边的草
沿着河沿
粉白色的花连成一片

循着它望
便可以托起你心里
一个正在下落的秋天

小时候你只看
每一枝花上米粒似的点缀
要好多年
你才会看到点缀成片之后
满天繁星的美丽

2017 年 11 月 8 日

叶落在十月

十月
多么好的一大把日子啊
一天天下去
不用期待只需静享

是一双交叉合十
渐成厚实有力的手
将夏季天空流散的浮云
河边知了集体聒噪的声音
轻轻地交与秋风
一齐带走

柳树叶依然纷飞呀
继续它在夏季飘落的节奏
没有悲伤
只是安静地将秋季守候
是啊
如果叶子可以选择
它落下的最美时节

应该是十月吧
那么从容淡定地落下
是因为
遵从了自己的意愿

2017 年 8 月 4 日

秋风里，我打马过山岗

秋风来了
告诉我牧羊人
还在草场放牧着羊
坡地上成群的羊啊
低着头吃着草
牧羊人在悠闲地等待
我告诉秋风
我可等不及了
我要打马过山岗
　　去看那边的风光
秋风远去了
　　经过我的耳旁
我听见她在远处的山岗上喊：
"不必那么急呀，姑娘"
如果你是羊群
吃着吃着你会发现
　　你已经漫过了山岗
如果你是秋草
那就等来年

春风吹起的时候再绿满山岗
你要学牧羊人
耐心地等待羊儿们
走过一个又一个山岗成长

被秋风吹红了的我的脸
向牧羊人回望
是啊
他等秋风来的时间是一年
他等羊儿们的成长是天天
一天天一步步一年年
一个个山岗
就算打马过了这岗
站在那边的山岗上
你还会想更远的山岗上
会不会是同样的天

下马吧
且和羊群和牧羊人
静静地享受这秋天

2016 年 9 月 8 日

冬至

今年冬至这一天
你的目光
又往南延伸了一点点
可你注定要在目光里惆怅
因为你酝酿　酝酿
你所有冬天的热情
仍然无法到达情绪的终点
是啊
有多少人的冬至
只是季节
又有多少人的冬至
已经包裹成思念
希望送达想往的地点

在水一方的人们
平安

2015 年 12 月 21 日

北方的雪

不必　不必
在北方的雪中
去想念北国之春
这会儿我想
我想象着
望长城内外　白雪皑皑
惟余莽莽的景象
我想着您说的
"已是悬崖百丈冰"
那是多么豪迈的情怀
我终于　终于
感觉到南方雪的柔弱
不过是雨的或是泪的凝结
而朔风之下
漫天的北方的雪
又哪来得及把心情拭擦
其力量势不可挡
也成就了坚韧和挺拔

我准备
去赴一场北方的雪

2015 年 11 月 24 日

雪后

雪后空气清冷
清冷束裹了行人的身体
匆匆奔向前去
像是在逃离
想象一下吧
雪落进水的时候
秋水的温存里
便融入了雪意的深沉
那就走吧　走
走出你的热力
那会儿你会有新的感悟
谁说清冷就一定要束裹你
说不定它也正期待着
你的热情融化
而这正是
最美的一种交集

2016 年 2 月 1 日

雪花的遐思

当水
装进了瓶子
人们只会欣赏瓶形的美丽
而遗忘了
小溪流曾经欢快的笑声

当动物
关进了笼子
人们观赏它逡巡游离的脚步
却不曾想起
它奔腾山林自由的意志

世界
从莽荒走向现代
只是在完成一个又一个形式
因此瓶中水你不要叹息
笼中的伟大意志
你也还有戴着镣铐跳舞的权利
飞舞吧　这一刻

和漫天的雪花一起
别怕寒冷
让低头
只停留在那一瞬

2016 年 1 月 23 日

融化

太阳照到雪那一刻
不是没有感觉到寒冷
但太阳移动他的脚步靠近
再靠近　靠近
天空也羞涩朦胧了眼睛
雪依旧冰冷
仿佛苍白着一颗心
太阳依旧暖洋洋地照着呀
风在这一刻也很识趣
默默无语一起等
一颗　一颗　一颗颗
晶莹的水珠从屋檐开始滴落

谁说　谁说融化
只是太阳的温度
其实还有　还有
雪的心愿

雪化了

化成清冽的流水
映照着太阳的笑脸

2016 年 1 月 25 日

太阳的味道

小时候
冬天的周日下午
我们会烧满满一大盆洗澡水
并不舍得一次用完
于是　在大木盆中央
一个脸盆如同莲花般开放了

那个下午
常常有午后和煦的阳光
我们早早地洗净了身体
然后还有长长的时间洗衣服
低头　从换上衣服的领口
你闻到了
洁净的太阳的味道　于是
那搓洗衣服的手也变得
越发细腻小心了

小时候
周末冬日的下午

我们想它跟太阳光一样长
我们洁净的身体
洁净的衣服
和太阳光一样洁净的味道
在午后的时光里
就那么轻松地徜徉着
散漫着　舒展着
直到太阳要落山
天已经向晚
我们依然拥抱着
那一股洁净味道的回味
并带着它
沉入甜甜的梦乡

也许就是这样不知不觉地
准备好了明天
再出发

2016 年 1 月 9 日

冬雨·记忆

当冬天的雨
还在城市里洗刷着建筑
我的心已经飞回了
农村大地
儿时关于冬雨的记忆

将近年末　农闲了
地广人稀　漠漠的雨
洋洋洒洒地落下
我们嫌弃它
胡子拉碴　冰冷生硬
土地母亲默默地敞开怀
仿佛一个等候了很久的讯息
终于有了回音
那时候谁家的锅台
一定燃起了热气
而房前屋后的腊梅
也正等着雨水来装点晶莹

冬雨来了
是回来了　晚上
你枕着雨滴声睡着安心
第二天起床第一件事
是跑去听
带着雨滴的腊梅花
害羞地告诉你
昨晚约会的秘密

2017 年 1 月 7 日

冬日之残荷

伫立
看冬日之残荷
没有黯然神伤
只想起夏花和秋叶的传说
如果夏花是灿烂的
秋叶是静美的
残荷意味着什么呢
平等对待生死
我们的人生无烦忧

伫立
静静地欣赏
　　冬日残荷

　　　　　　　　　2016 年 12 月 31 日

暖冬·雨

雨……
从车窗流下去
我看见了暖冬的眼泪

天空
合上了它灰色的眼睑
它不忍心
看大地上的一切
腊梅花开在繁茂的枝叶间
春天的雏鸟着急地叫在冬天

暖冬和暖冬的眼泪
如果你们继续没有界限
谁还会再喜欢暧昧

冷风
冷风"杀"地
吹到脸上的时候

我将迎接……

2016 年 12 月 26 日

卖芹菜的农人

面对面
我听见他喃喃地说
"你看　多么嫩
　　　还都是芹菜心"
旁边的买主在抱怨
"都冻伤了　这么贵啊"
我没去打量芹菜的卖相
只看着卖菜人的脸
一脸周正
我相信他的话
满是对自家菜的疼爱
而不是广告
我感念他
这一大早从山里赶出来
我不愿意以残缺的美
去揣度一颗完整的心
我什么也没问
什么也不想问
在一种默契里

我拎起买妥的芹菜
回家

2016 年 2 月 9 日

期待

我期待
一场真正的冬寒
让喧嚣的一切归于宁静
然后
不屈的春意
在土地里生长

2016 年 1 月 4 日

我愿静静地在时间里

我愿意慢慢地吃饭
不喧哗　不张望
细细地咀嚼
品味每一粒饭香
我愿趁这清晨的间隙
来到园子里
闭上双眼站立
听凭杨柳的风羞我的面颊
太阳的手轻抚我的背
让青草的气息钻进鼻翼
恍惚吧　这片刻
想象晓星深情的双眼
和月亮温柔如水的退却
自然的流转
这般有序
这一刻的宁静
被兴奋的喜鹊
叫醒
哪怕只一刻呢

我也愿意

2015 年 3 月 13 日

第二辑　生命之悟

那一刻
你才仿佛听见落叶的回声
"我护送你到春天"

——《你护送我到春天》

那一刻

父亲
那一刻
我才知道
于你
我也不过是
过客
我亲眼
看着
生命
从你的身体里
滑落
我亲眼看着你
弥留
看着你
看着你
看着你走
我无力
无力伸出
我的手

无奈

你走

那无奈

一刻……

2014 年 2 月 28 日

岭上·夕阳

岭上
距离家
是望得到的地方
中间有稻田有路边人家
每每夕阳西下
还没落下山岭的时候
姐姐们已经燃起了炊烟
我　站在家的道场上
开始眺望
我在看红红的　圆圆的落日吗
我在看岭上有没有出现一个小黑点
圆圆的落日就要下去了
我期待在它的余晖里
一个小黑点靠近我的目光
通常　我不会失望
因为　父亲的身影
总会在那一刻到达
我开始跑　沿着田边小路跑
那边的小黑点移动速度也很快

我还是用尽力气地跑
就算看到高高大大的父亲了
也还要跑到拉住他的手才肯停下
拉住了父亲的手
我并不在乎太阳已经落山了
我拉着父亲的手回家
那是掌灯时分
我心里的另一个太阳

2015 年 3 月 3 日

父亲，你不是背影

父亲，你不是背影
那个夕阳的傍晚
在家的道场上
我眺望你
我看见了岭上你的身影
我迎着你　奔向你
我牵着你的手
温暖的　回家

父亲，你不是背影
那个大雪的冬日
依旧是夜幕就要降临
我如同往常　盼望着你
雪很深啊　风也很大
我固执地站在雪地里　等你
那路的尽头
为什么一直没有你
直到您黑黑的　高大的身影出现
我还不相信

你的手很粗糙哦
安心的　回家

父亲,你不是背影
从我开始读书的时候起
就只记得你近视镜片后的那双眼睛
昏暗的煤油灯下
酷热的夏天
你伴我度过十八岁以前的每一天
我长大了　远行了
关注着我的背影的
是你和母亲
盼望我回家的
也是你和母亲
我总是想你啊
想小时候
想长大以后的
每一瞬间
我和你的相处
你说我最懂你啊
这个从小就迎着你
看着你的眼睛长大的我
我要看着你的背影
看着你走吗?

让我拉着你的大手
温暖的　粗糙的
你的大手
一起走

父亲，你不是背影！

2014 年 12 月 2 日

只有冬天

只有冬天
我离你这么近
我才意识到你的苍老
我喜欢去摸摸你粗糙的树干
仿佛父亲的手掌
干裂　没有血迹
我背过脸去
如果眼泪可以让它软化

只有冬天
我可以这么近地
走近你　静静地
回忆起你
想我们在一起的时光
……

只有冬天
我看见无数枝丫
伸长了手臂

那让我相信
无数温暖的手掌
将在春天丰满

2017 年 2 月 13 日

静默，父亲节

我静默
如一棵沉思的秋草
风吹过我
我没有皱起眉梢
雨滴打过我
我让它流下面颊
我的头顶之上
本来就没有一片树叶
父亲　母亲
是你们双手的呵护
让我一直拥有树叶的想象
静静地
我挨过了一个寒冬
心里充满了阴霾　充满了痛
来年
我静静地变绿了
静默的我发现
云也淡　风也轻了

2016 年 6 月 19 日

两片叶子

因为你的身体
一棵树
太阳走过留下时光的影子
因为你的身体
一位母亲
我在时光里留下我的身体
我一直在你的影子里成长
必然的
当我长成又一个你的时候
上帝安排了你的离去
世界上没有两片相同的叶子吗
比如说我和你
世界上有两片相同的叶子
但必须遵循时间的顺序
走过一棵树
我总想去抱抱
它在我松开手的时候
提醒我回到自己的位置

因为我是母亲

我的叶子要成为一片福荫……

2017 年 5 月 14 日

夜·病房

又一个夜来了
病房里
护士离去的脚步
仿佛安慰了所有人的呼吸
留下走廊里的白炽灯光
苍白地照明着黑
你知道你又无法安睡
你将在黑暗里睁着眼睛
守护另一个人的呼吸
你是那么恐惧那突然的
离你而去
夜在这时候总是那么深黑
病魔会冷不丁地出没
而你除了睁着眼睛的勇气
却无法挪动你的身体
去握另一个人的手
尽管你知道
她或许也正睁着眼睛
却无法向你诉说她的心情

夜　病房
病房的黑暗里
你曾经
无法守护一位母亲的安宁
像无数个
你小时候生病
她守护着你的夜一样

2017 年 2 月 16 日

妈妈是一个家

是这样的季节
我在
蓄满了水
等待着春耕的田野上
奔跑
到很远　很远
我不担心迷路
因为家就在不远的坡上
我不担心饿
因为妈妈在家
已经把午饭准备好
千层饼和着葱花油香

妈妈在家
　　我想要奔跑
妈妈在家
　　我不担心温饱
妈妈在家
　　我不会怕

111

妈妈

　　您是一个家

2016 年 5 月 8 日

拇指

没有谁
会记忆母亲的手指
我却在童年看
妈妈的手指在琴键上
滑动跳跃的时候
记忆下了它
那微微弯曲的小拇指
两只手都是
之后很多年很多年
我没有去在意
直到有一天我发现
我的手指有了
母亲一样的弯曲
我才知道妈妈
您弯曲的小拇指
是您弯曲的腰和背脊

妈妈
我记忆中

您弯曲的小拇指
和流动的音乐
流动的音乐
是您的手在轻抚着我的脸

2016 年 3 月 20 日

女人，你的名字是善良

你本想沉默
让一辈子曾有过的辛酸
在渐渐多起的皱纹里舒展
在你始终的微笑里隐含
你就那么默默地
用一双手付出
无论是早起还是在冬晚
付出你的善意
你的爱
而我从来没有问起你
爱的来源
没有
直到你　生命的最后时刻
告诉我童年的悲欢
你求学的辛苦以及
你所受到的善待
我才知道
这一辈子小小个子的你
身体里蕴含的无穷大的力量

是你的善良
如同可以倾倒的一抔土
早已为它的花草准备好土壤
你静静守候花的开
却来不及
在一朵朵花开的时候
安逸地欣赏
雏菊
我为什么选择五朵
我想你会明白
因为这是我对你的纪念
永远

女人
我的母亲
你的名字是善良

2016 年 2 月 8 日

我的想念开出一朵莲

这年头
我不想说想念
但秋天的风
吹乱你稍嫌薄凉的裙裾
秋天的凉
如海水般没过你的头顶
那一刻
你是否也还是想有一个依靠
来系住你的想念
让它不至于随风无限地漫延
到你不曾预料的地方去
且坐下来吧
双手合十
让你的想念在手中开出一朵莲

2015 年 9 月 20 日

117

月半弯

这个月圆的夜
你翘首以望的双眼
会不会望见心中的月
半弯月
那里有你的父亲　母亲
还有远方至爱的亲人
今夜
我的思念是我的画笔
我用一声声默念的祝福
一笔一笔画圆心中那轮月
轻轻地托起
爸妈你们看得见
远方的亲人看得见
我看得见

2015 年 9 月 27 日

我的忧伤随黄昏漾开

我常想我们的忧伤
是源于遥远历史的模糊记忆吗
我们不知道自己来自何方
此生我的忧伤我想告诉你
是伴随双亲离去带来的迷惘
从此我不再确定家的方向
而你是我的老师吗
在我成长之后
却不成其为我精神的方向
我应该忧伤吗
我的忧伤
在黄昏这一刻不可抑制地漾开去
这一刻我不想去拉任何人的手
我知道黑夜里的方向
其实只有自己心里的灯光
黄昏里的忧伤将会在灯光书影里
静静退场

2015 年 7 月 19 日

生死门

如果
那是一扇门
一双充满敬意
美丽和祝福的手
送至爱的你的亲人
走过
请不要悲伤

那只是一扇门
一扇美丽的门
门的这边
和那边
本是同一个世界
不要　再不要
执着于有生的世界
无生不过是
生命的另一个轮回

亲人　我的至爱

您的前行正告诉我
只需要微笑面对
因为
那不过是一扇门
美丽的一扇门

我们同在天宇下
只要用想念　回忆
和想象
就可以看得见

2016 年 1 月 15 日

出浴

出浴
擦干身上的水
洁净的身体
就与曾经的水脱离了关系
可是
沉浸的时候
你的惬意让你忘却了欺骗
其实你已经浸淫很久了
多久了
你的忧伤如同浸没身体的水
甚至有没过头顶的危险
你看不见　也不愿意看见
但你终于
做出了决定　你站起来
完成了一次干净的出浴

从此
不再有什么贝什的眼泪

2016 年 3 月 31 日

头顶上的树叶

头顶上的树叶
飘落下第一片的时候
你并没有觉醒
然后又飘落下第二片
第三片
你在路途中似也无暇顾及
叶子　你头顶上的叶子
它也曾像你
青春时浓密的黑发
在岁月流逝的无意间
变灰变白脱落
直到有一天
脱落得只剩下一片
你还在天真地想
树叶之上的蓝天
终于
最后一片树叶也落尽
你才猛然惊醒
原来树叶之上没有天

你的天空塌陷

来不及擦抹眼泪
但擦抹也需要时间
随后的岁月
你常在静中梳理自己的长发
那是你心中的树叶
孩子头顶上的天

2016 年 6 月 14 日

合掌，唯有大千世界

父亲
您是我的左手
母亲
您是我的右手
你们看见了吗
那飞翔的鸟
是我张开的双手
那是你们
赋予我的翅膀
每当夜深人静我仰望
妈妈，我知道星星
是您温柔的俯瞰
父亲
您就是夜空那一片深蓝
沉静地
合起我的手掌
世界就在那一刻
从我的手心里展开……

2016 年 5 月 14 日

你护送我到春天

树
终于落光了叶子
在春来的时候
从秋风吹落
第一片叶子起
你在等待
等待冬天的样子
你等了一个冬天
最后一片叶子在枝头挂零
你抬头
发现枝条上缀满了
新鲜的苞蕾
在清冷的天空下
像缀满天空的繁星
那一刻
你才仿佛听见落叶的回声
"我护送你到春天"

那一刻

我也才知道
不到春来的时候
树叶不会落光

2017 年 1 月 23 日

记忆的岛屿

爸妈老了
在一起团坐的时候
他们喜欢叙说往事
你已经忘记了的
你的童年趣事
他们年轻时
辉煌的一样样事迹
有时候　你也听累了
但是看老人的脸
兴奋　沉醉
仿佛那些事就在昨天
你保持着微笑倾听
心却沉默了
记忆如同老人生命海洋里的
一座座岛屿
他需要回忆
回忆当年如何抢滩登陆和射击
而最后终于成为岛上的将军
他们守候记忆其实是

守候着生命
倾听是你伸出的手
托住的是
慢慢沉没的岛屿

2015 年 10 月 14 日

祭日·生日

这一天
你要感谢风
是它挥一挥手
让你内心的泣诉
变得轻描淡写

这一天
你要感谢花
是它们张开了笑脸
让你庆幸你的生命
还有温暖红尘相依相偎

这一天
你更要感谢先人
是他们安排了这个季节
让你与逝去的亲人
相逢
让他们用生命的故事
向你启示生死

原来可以

这样亲切

2017 年 4 月 5 日

你是我春天的约定

那个春天
我一直怀着暮春的倦怠
打不起精神
我不知道你已经悄悄来临
如果没有意外
我会安守暮春的静谧
等到你安然降生
所有好心人劝我说
明年的春天更明丽
我不相信也不同意
我只寄希望于你
我多想去牵你的手
我想我们就应该在一起
直到你用有力的心跳
回应了我的执着和坚定
完成了我们的第一次心心相印

或许你注定就是不完美
之后我们一起走过的日子

就没少为你操心
有了第一次等候
等候就仿佛成为一种约定
我一直在等
等你独立　等你
告诉世界你不仅仅是
一颗精子和卵子的结合体
而是以自己的声音
　　　向世界宣示

我终于等来了
这个春天
你独立人生开启前
我们俩最后的约定：
"这件事情你最好不要插手，
我不用你教我，
什么结果你都得接受。"
我喜欢你说话时那一刻的表情
哦,好吧,我愿意
我都乐意听你
　　　来决定你的人生
而其时我也幡然醒悟
其实我早就该自信并相信你
只因为

我们曾有过的那个春天的
一个约定

正是暮春时节　我
终于可以
怀着静谧和安定
看你走向初夏……

2017 年 4 月 18 日

母子

你肯定有感觉
我的心不完全属于你
在你和他之间
我是一个被撕扯的身体
你终于没有在我怀里睡过
而我躺在他身边
你一直睡在我旁边的小床
我和你隔着床的界限
后来是隔着前屋与后屋的空间
你小时候我每次逃离你的眼睛
离开你去赴自己的约会
我不敢想你懵懂的眼神
我总是自责
我以为最好的状态就是
我在他身边你在我身边
但是我的优先选择不是你
就这么若即若离的
看着你走每一步我常为你欣喜
也常为你着急

却不认为有权利能说服你
而时间终于完成了一个戏剧性转换
那双曾经懵懂的眼睛
转换成了一堵墙后张望的一双眼睛
如今是她在看在期待
只是她想或许正是那一米的距离
让她的孩子有了去寻找阳光的可能
她释然
一种自然的本性倒成就了
自然生长的规律
你终究是你
我只能是我
我祝福你
在初夏阳光照临你的时候

2017 年 5 月 18 日

妈妈，请为我自信

妈妈
你总是不自信
要买两件衣服来装扮自己

妈妈
每当我告诉你一个好消息
你折叠折叠就放进了背包
然后又巴巴地等着
我把另一个送到你手里

妈妈
你不自信啊
你需要一个安全的空间
你的漂亮衣服掩饰不了
还有你背包里的好消息
永远不足以安慰你

妈妈
自信一点

请为我自信一点
您是我的妈妈
自然是您最漂亮的衣服
而自然也是我的衣服
如果您想回赠我一个礼物
那就请相信
自然成长的我才是我的人生
别把完美强加于我
还有你自己

妈妈
请相信我
哪怕您没穿漂亮衣服
您也是漂亮妈妈
因为　因为
您是我的妈妈
我是您的孩子
仅此而已

2017 年 1 月 8 日

嗨，单车男孩

嗨,我都忘了
你从小喜欢车呀
各种各样的 car
难道我早就想着长大后
车带你去远方

初一的时候
你成了一名单车男孩
回家的路上
你摔过哭过还郁闷过吧
但这一切都没能阻止
你的胆量

十九岁
你单车游台湾
我的心每天为你提着
那一天没有你的消息
好不容易等来了
才知道你爬了 148 个坡

那一刻我眼泪迸出
但还是收回了无意识伸出的手
无论如何
我必须尊重你义无反顾
做出的选择

那以后
单车男孩和他单车的
故事在延续
他会不会骑车去月球
已经不用我多虑
我就只是想发一个邀请
来　回来喝杯柠檬茶吗
冰的　带薄荷味
我们一起分享品味
茶的芳香和酸楚

嗨　单车男孩
别忘了回复
在你前行的时候

2017 年 1 月 7 日

收回哀愁的你的手

是一双
在你看不见的背后
伸出的手
竭尽了她全身的力气
也还没有学会轻挽着
生活

遥向远方的时刻
也还曾经历过
茫茫沧海中双眼的诱惑
让人误以为
是那可以伸长的手
伸长　再伸长就能
　　到达向往的渡口

累了　曾经
哀愁的你的手
收回吧
在风吹乱了发

海鸟翻飞
在脑海的时候
清醒地
还给你的身体
还给你脚下的生活

2016 年 10 月 10 日

夏雨来了
——致恋爱中的男孩

夏雨来了
它来之前
仿佛和夏天生了一场气
天空阴沉着脸
风也屏住了呼吸
夏雨用雷声宣示了它的降临
风愉快地推着雨
雨中的凌霄花娇羞地红了脸
等着披上雾的婚纱
每一滴雨的问候
都伴随花的点头
它们相约去赴喧嚣幕后的相守
天空沉默了
大地颔首
如果　如果花要开　雨要落
亲爱的你
别忘了妈妈合十的双手

2015 年 7 月 17 日

领口下　第三颗扣子

那段时间
你领口下到第三颗扣子
从来不扣
我看着不说话
心里总觉得
那并不是我喜欢的你的样子
偶尔一天
我忘了扣领口下第二颗扣子
走在行色匆匆的路上
风吹过来　好一阵惬意
我想起你
领口下　第三颗扣子
是一种宣示
它宣示你和这个世界没有不同
你　要像所有男孩子一样
它还宣示
你　要向世界开放你自己
开放正是
从第三颗扣子

开始

2015 年 5 月 15 日

爱的三棵树

"我来,我来"的背后
其实是一种剥夺
"放着,放着"的背后
其实是不放手
一直以为
爱的深沉
就是倾其所有
你还常因为某一次
歉疚
你爱的包裹
很紧　很密
很甜
也很让人窒息
你学会了示弱
懂得了放手
你得到了放手后的
片刻失落　信任和自由
爱的三棵树
我不是你

你不是他
他也不是我
我们是独立的个体
我们彼此相爱
又保持彼此的距离

2015 年 1 月 13 日

期望

你的期望
是高悬的剑吗
曾经或许现在依然
我与你的距离
不只是河对岸那么远
独自的时候
我常常这样想
你小时候我常在外
你的等待常常落空
我知道　知道你的等待
我的无奈
长大了你在外
我的等待常常落空
你在纸上告诉我
你知道　你都知道
只是拿起电话的手
想说出的话
在离话筒一厘米那一刻
轻轻放下

我泪流满颊

你长大了

离我真的越来越远

无消息的时候

我告诉自己

你平安我心安

有消息的时候我会欣喜若狂

这不是简单的生命轮回

从你的纸上

我应该坚信

那遥望河岸的距离

其实有着爱的充满

2015 年 3 月 8 日

离别

离别
让一切你的是
与不是变得模糊不清
我喜欢黄昏
不因为黄昏最适宜分离
而是明知要分离
却幻化了满天的云彩
来输送离别的暖意
向落日的帆
抑或远离落日的帆
都因为那一抹昏黄
而忍心不语

就此道别吧
落日的黄昏为你作底
不怕前路是黑夜
我的温暖
是你心中的一盏灯

2017 年 1 月 1 日

褐色山丘

匍匐
你身体的每一寸肌肤
匍匐下去
贴紧山丘的每一寸土地
你看见
你感受到
一种褐色的结实
一种生命复活的力
你亲吻
如果贴近不足以融化
此刻柔软的内心
嘘　别说话
让意识带领
你飞翔起来的身体
在褐色山丘之上

2016 年 6 月 18 日

151

变脸

我知道
你又要黑脸了
不是一次会是常常
如果太过压抑
你还会大发雷霆
小时候我会吓着
从床上跌落到地上

多少年了每年春来
我看你周而复始的变化
看南风
总是奉献太多的热情
北风总是倔强一如往昔
于是雨来了风来了
梨花早落了
柳条绿了
在你沉沉的脸色里
我已经不伤心

如果变脸是你
注定要包裹的一种情绪
我会静静地走在风雨里
不疾不徐
就当享受着惠风和畅……

2017 年 3 月 15 日

领悟

我和你
并排走着
我们身体不相连
灵魂不相依

四十年
爸妈陪伴我
最终的遗憾是
我依偎过他们
而他们却孤独地走去
灵魂
那时候我的灵魂只在
我的身体里
我没有通过我的手传递

十八年
我的孩子
我们相处了多少个日夜
以堂而皇之爱的名义

却在一夜之间猛醒
我的爱只是我的意志
我以我的意志武断地
裁决你
你终于以你的沉默
宣示了你的独立
灵魂的独立

这个清晨
我们并排走着
我猛然领悟
我和你
身体尚且不曾相连
灵魂何曾能相依
又何求灵魂相依
一点交集的慰藉
足以欣喜

然而这是
多么痛的领悟
事实如此
生活如此而已
……

2017 年 10 月 23 日

WHAT WE TALK ABOUT TONIGHT

今夜
我们不谈历史
历史
已经用一句"感谢"作了结语
今夜我们不谈个性
彼此的个性都包裹着
不可更改的意志
像一堵没有窗口的墙壁
因自尊又徒增了各自的高度
呼吸像
两堵墙之间停滞的空气
举起的手臂
一次又一次地放下
因为墙后
不可抑制弥漫出来的灰心
和灰心连接着的前途命运

今夜
我们还能谈点什么

156

要么谈谈天气
说下雨了又变冷了
你能抱抱我么
什么历史什么个性
墙壁也不过是冻奶酪
历史立马转变成温馨的回忆
呼吸任由你想象
手臂安放
不用举起……

2017 年 5 月 2 日

今夜，我听见火车向前

今夜
在你到达的站台
我准备着出发
你没有等到你
或许还充满着期待的迎接
我沉默无语　火车就要向前
车身的每一次碾压
都仿佛是一次压榨
那情感的汁水不是变浓
而是稀薄　火车向前
每一次速度的重复
都是机械的轮回
我看见你　你看见我
将和向前的火车身融为一体
呼啸越过飞逝的风景
你停靠的时候我走
我停靠的时候你走
空气也正变得冷漠
今夜　火车依然向前

在出发前一刻
我决定
留下来一起看夜景

2015 年 9 月 18 日

碧玉妆成一树高

每天
都装成很美好的在一起
像电视剧里的主角
表演的不是自己
也许当初我们的选择
是时尚的组合
或许只是为了一个生活共同体
而非心灵的吸引
所以那么久了
我突然发现
在一起的你我
我还是我　你还是你
为了那所谓的生活的美好
包裹着真实的自己
然而从你的表情
我看得出不愿意和压抑
而我也是常常违背自己的心
能坦诚地做回自己吗
你告诉我　我也告诉你

而我或许应该相信
你其实也正想
共同的呼吸

2015 年 5 月 30 日

女人的世界

这世上女人的世界
原本很美好
妈妈和女人
一起幸福地看着她的娃儿
锅台上冒着热气
男人们就要回家
这女人是一块好地
她安顿了家人
也安顿了自己的心房
如果男人们不居高临下
曾几何时
女人打开了她的"潘多拉"
她相信向往
另一个世界的美妙
上帝没有阻止
她挑着担子去寻找
上天赋予了她包容和忍耐
让她不停地调整着肩上的担子
始终没撂下

她走得很辛苦
在那失衡的世界里
她已经走了很远
回不去了
谁可以帮她找回
曾经的家
如果
男人们不再准备居高临下
如果男人们准备着分担她
这女人的世界
或许还
回得去美好

2015 年 4 月 8 日

一分为二，合二为一

这一生
我们用了很长时间
修炼自己
为的不是独立
而是消融我以完成我自己
你只记得
孩子
带给我们一分为二的欣喜吗？
你又何曾忘记
你与爱侣
合二为一时的幸福？
大自然教会我们道理
你看见或者看不见
它都在那里
却往往要让我们
用一生来体验

2014 年 5 月 30 日

姐妹
——《七月与安生》观后感

我们是姐妹
我们有不同的名字
比如我叫七月
你叫安生
我们是要好的姐妹
我们同浴
分享同一个秘密

我们是好姐妹
从小我吃在你家里
住在你家里
长大了我对你发誓说
我要为你买
所有你想要的东西

我们是姐妹
我曾问过自己
自己的身体是不是

也可以属于你
然而暗地里我清醒
我们爱上了同一个男人
我不愿意与你分享
同一份爱情

我们是姐妹
我们有不同的名字
我不可能变成你的身体
但是我还是想尝试变成你
你所经历的生活轨迹
我都想去经历
因为只有那样
我才可以真切地感受你
感受你所经历的心灵轨迹
没有人告诉我
我爱上你爱的人
其实是想爱上你过的生活

我们是姐妹
我们有不同的名字
我们不可能变成彼此的自己
就注定

我们要在自信里安顿自己

这辈子

2017 年 2 月 22 日

与天堂的距离

嗨　你还好吗
好久没有你的消息
在这草长莺飞
杏花落雨的清明时节
你又在想什么呢
你知道吗　其实
你什么都要比
头发要比别人长
穿的衣服要比别人漂亮
在那布满了蔷薇花的墙上
我相信你发自内心地
当仁不让地必须居于上方
父母还在的时候
你或许还跟我比
谁与他们的距离更近
如今父母高坐天堂
我终于松一口气
你知道　我知道
如今无论你在哪儿

我在哪儿
我们与天堂的距离一样远
而我们与父亲母亲的距离
在心里有多少近
那取决于岁月的记忆和痕迹
用心吧
因为在心里有一个永远不被
风吹雨打的祭坛

2017 年 3 月 31 日

秋日私语

北屋的颜色
是白色的
白得简单
白得沉静
白得清冷
白得让我甚至不想
窗外绿树的影子来侵袭

记忆中的北屋
窗外有一棵树
在稍远的河对岸也有一棵树
那时候
窗外绿树的影子时常打在
我书桌的玻璃台面上
映衬着北屋的颜色
是绿色的
而其实我心中的绿意又何止于此
当年的你　某一天
在河对岸眺望天际的时候

并不知道
我恰在朝北的窗前眺望着你
哦,曾经那充满律动的梅雨潭的绿
还绿吗
北屋还是北屋
只是北屋的绿
经历了岁月风霜的洗涤
变得只是一抹泛白的绿色
而已

2015 年 10 月 12 日

古铜色记忆

第一次听到
《亚洲铜》诗名的时候
我疑惑了很久
直到记忆里出现
古铜色的你
你知道
从小妈妈就只告诉我
白皙代表美的纯净
我就只知道在单纯的世界里
去追寻我的白皙
像一只风筝
飞得忘了那双期望的眼睛
很多年以后
大约有四分之一世纪
我才恍然有悟
原来古铜色不是你的肤色
而是你脚下那块土地
也不是那块土地
是那块土地孕育出来的

心地朴实憨厚的你
我还是那只风筝
但是我不再拒绝你
真诚的祝语
因为只有我知道
只有你
站在古铜色土地上的你
那份祝福的纯净

2016 年 7 月 19 日

春语话流年

你们曾有过
怎样的青春相守
她清澈的眼眸
你意气风发的脸
生活是融融的浆液
甜蜜地流过你心田的时候
也在她温婉光洁的额头蜿蜒
岁月无形亦有形
上帝允许你们创造一个生命的形式
却也把你们在形式里拘禁
不是一个是一个系列
他年岁月的河边
她和你一起鲜艳在
你严肃的表情里
只有　只有
单纯得一无所有的你们的孩子
在时过境迁的今日
让我会燃起
重复你们昨天故事的憧憬

生活在继续
岁月河边
什么时候我们可以
再聆听一次
潺潺流过的小溪水

2016 年 3 月 1 日

这辈子，你只是一个手势

曾经牵起
我忐忑的手的
不是你
你成了我想象中的一个手势
在渐行渐远的岁月里
恍惚又依稀
不是没有那一刻
我伸出了双手想去拥抱你
却发现
相隔的不只是空气的距离
我要超越那自尊的高度到达你吗
我选择了放弃　做着另一种努力
这辈子
你或许就只是一个手势
在你举起的时候
我不必等

2015 年 8 月 25 日

车站

列车经过的这个车站

没有你父亲的背影

列车经过的这个车站

也不曾有我父亲的背影

列车经过车站的每一次

你向西去

我向北转

我们不曾见过彼此的背影

只是若干年后你又一次经过

才重新拾起我们青涩的记忆

重新却无意西去

尽管西边晚霞还很美丽

亦无意北转

北归以后家在哪里

记忆中的车站

曾经承载着你的期待

我的疲惫

它留在我们都路过的

记忆的原地

2017 年 10 月 25 日

暮色清晨

因为　走得远了
暮色眷恋着清晨
他恋她的秀发
如清晨出岫黛青色的山
他亦欢喜她纤巧的脚步
仿佛踏着清晨的风走来
甚或她娇小的身体
和身体里怀抱着的"洛神"梦想
而她　在他每一次的笑声里
就像一叶扁舟回到了大海
暮色将近
伴随着他们聚会的欢畅
但或许他们遗忘了　遗忘了
同样是从清晨走来的
静静守候在旁的另一个她
此时内心起伏的山峦
暮色苍茫　笑声已远
如今眷恋聚首两茫茫
却始终挡不住

暮色对清晨的向往
自古已然

2015 年 7 月 21 日

注:"洛神"梦想意为文学的梦想。

水墨气质与粉墨登场

水墨气质的人
不一定有大大的眼睛
但一定有浓浓的眉
和白净的肤色
那浓黑的眉峰
代表的正是她的追求
而白净
也正表示她坚持的执着吧
黑白的分明
又恰成为性格的印记
所以
水墨气质的人
如若没有水的随性
就不必粉墨登场
君不见　古往今来
几许水墨
又多少粉黛
不都随着烛照的光弱
坦然地抑或黯然地

退场

人生不过一刻
我信故我在

2015 年 11 月 6 日

问候，请默许我的沉默

您的问候
我拥有去年的
就已足够
我的问候
却迟迟说不出口
那些"新春快乐"的陈词
远非我想说
但是在我心里
我时时默念
"您身体如往常一样康健吗
您一如既往地深夜写作吗
新年过去您又要继续奔波吗"
我默念
我只是默念
默念着我的问候
我其实是想等那一天
那一天我可以对您说
"先生，我准备得已经足够"
您的问候

我可以轻松地说
那一天以前
我仰望华灯
请默许我的沉默

2015 年 2 月 19 日

伤逝

朋友
我早该知道
我与你
是一个星球与另一个星球
那么遥远　那么独立
曾经
你额前圣洁的光辉
让我以为受了佛缘的指引
向你敞开了心扉
但我伸出的手
碰着的是一扇关上的门
我终于发现
你思想的方向
只足以成就你自己
悄悄地
我把手收回
轻轻地插进裤子口袋
转身　走
潇洒地

莫愁前路无知己

2015 年 6 月 18 日

眼泪

你的眼泪
是生存的压力压出来的
是生活的委屈挤出来的吗
你的眼泪
是绵绵思念里的涓涓细流
是愤怒时的暴风雨吧
但如果
莫斯科都不相信眼泪
相信
又还能有谁
听我的话
为眼泪转移一个方向
把它变成生活的潜流
相信我
静水流深

2015 年 11 月 16 日

187

生活留白

在房间的一角
搭上一张床
在房间中央
我坐在椅子上
吹我新沐的发
任窗外落叶　萧萧下
这一刻
我恍然有悟
生活的留白
正如同一幅画
不仅仅是想象
更是即便　一个角落
照样可以出发

2014 年 12 月 17 日

188

绽放　在你生命的每一天

我总觉得
轻快的你的脚步
应该在夏日树梢上的
蓝空下徜徉
伴随你轻盈的裙裾
你的身影
应该在秋天阳光下的角落
静静地流连
伴随你心的安详
是什么让你负重
又是什么让你
远离家乡去往大洋的彼岸
牵挂却无时不在
这个世界真如圣母玛利亚
一手抱着孩子
一手要去拯救人类
一面是至爱
一面是责任
人生

从来都是在两难的境地里

割舍与流连

所谓生命的光辉

不是绽放在夏日

也不是在秋天

而是从夏天

　　到秋天的过程里

　　　　　　　　　　2015 年 5 月 17 日

第三辑　现代之思

在莫奈的笔下
安静
莫过于
池塘中的睡莲
它告诉你
安静的力量
是生长

——《安静的力量》

夜雨

今夜
我不知道雨在窗外
遇见了谁
滴落檐下的雨滴
是被瓦缸劫持
还是可以找到机会
漫过缸沿
踏上逶迤的路
浸入一个乐于接受的心灵
就此安心地睡
然而梦中
我又分明听见
飞奔的列车呼啸着过去
在告诉我那飞溅的雨
又一次被劫持的故事
在深夜里……

2017 年 4 月 26 日

历史是如相晤对的泪湿

你走过每一天
每一天就没入了昨天的河流
如果没留下声音文字和感觉
昨天将变得沉寂无声而冷漠

多少个你走过
已经汇入了历史的河流
是这样的巧合
我伸出的手捡拾到几片书页
欣喜之余　静静地
我捧起书页去走你走过的路
仿佛在等待一位访客
等他来告诉我
那所有文字背后的经过
慢慢地我发现
那位访客其实应该是我
静静地　一天天地走过
我知道
我要踏入那相同感觉的河流

才能和你相遇
我期待您的双手和
　　会意的微笑等候
那一刻我相信
在我们泪湿的双眼里
彼此孤单的灵魂
因为会意的微笑走在了一起
而那被我们忘却了的历史呢
在一旁也受了感染
而终于有了温度

2017 年 4 月 6 日

石头记

要多少
否定的石头
　　带着情绪的
才能奠定你自信的基石
如果真实的你内心空虚

又要多少
认同的石头
才能夯实你自信的屋宇
如果你误以为
房子越大你就越能镇定

你一直在寻找这样的石头
直到你发现你要找的石头
不赖于否定不赖于认同
不赖于你所谓的关系
你可以是那块石头
躺在路边休息
听风带来的消息

石头也可以是你
你想奔跑就奔跑吧
天地之大自在由你

一切都是尘障
轻轻拂去方现清明

2017 年 3 月 31 日

名说

给我一个名字吧
为了你能记住我
让我有名吧
为了更多的人记住我
我要著名
为了后人记着我
自从听了老子的话
我开始疑惑
太伟大的都没有名字
那为了伟大之名
又何须孜孜以求
你只是
山阳路边的吹笛人
路人听见听不见
你都在那里
　　你的笛声里……

2017 年 3 月 21 日

弦语

从现在
到你想往的目的地
拉一根弦
你握紧又松开的手势
告诉我你紧张的心理
你松开又握紧的次数
告诉我你紧张的频率
我知道这根弦一经拉起
你的征程便已开启
然而我不想你
像高铁一样行进
越过一个又一个站点
流畅得不留痕迹
既然是弦
何妨效仿一下蜘蛛
走丝路花雨
就那么悠闲悠闲地
留下脚迹

哪怕尽处无花心亦欢喜

2017 年 3 月 20 日

风语者

风来了
你最好变成风
和它一起驰骋疆场
不然就变成流沙
随风逐流
要不就变成蒲公英
感谢风带给你
四海为家的生命
抑或变成
受人嘲笑的"堂吉诃德"
在风车巨人面前
把纤细的手杖挥舞

风来了
吹过你的脸颊
吹乱你的发和思绪的时候
你在心中矗立了一块石头
那上面留言：

"到此一游"

2017 年 3 月 17 日

没有人能穿越你的世界

多少人走向你
只是走过去
你发现他们的目标其实
在你前方
多少人　一个或者数个
穿过你的身体
你的惊喜幸福最后等同于
你的诧异
他们的目标原来只在于
伟大的自己

你脱蒂于母亲的痛苦
来到这个世界
完成了人生的第一次穿越
然而送出也是诀别
不要期待有温暖的第二次
除了你的思想
没有人能穿越你的世界

2017 年 2 月 14 日

抬头只望月

不要急着去否定别人
收起你那爱批评的秉性
要知道你
不会因此而确立你的名声
也不要争着去奉迎
如果你妄想
奉迎会让你的身高增加一分
你的存在或如小草那么低
或如一棵树那么高
它有多高你最清楚
它想要多高你也最清楚吧
匍匐在地本就是一种姿态
踏实而稳当
想要努力生长
那你眼睛的用处
真的不是用来张望
并且指点江山
因为你打心底里知道
成长是多么寂寞的事

低头是你常做的姿势
所以
好不容易有闲暇的时候
我只抬头望月

2017 年 2 月 6 日

别急，把一切交给时间

你一言既出
便在空气里
占据了一定的空间
你数语迸发
便形成了一种包围
好心的人
或许感觉你是一种拥抱
敏感的人
会认定那是一种侵略
SO ALL RIGHT
ALL RIGHT
别急着说话
把一切事实交给时间
别急着说话
让时间把你的观点
修缮得更加完美一点

2017 年 1 月 4 日

206

音尘不绝

——观《西路军历史》后记

多少尘烟
在沙场上散尽
落在西北高原　默默
抑或不甘
归于了沉寂
历史的书页翻过
　　　掩盖了这段历史

多少宛丽音容
生命激发在最好的年华
长征　长征
西进　西进
鲜活的生命阻隔在
西北高原的雪山草地戈壁
韶华不能尽情地流淌
驱散了　零落了
凌辱了　忍受了
生命在一次又一次逃离中
被安排在生活的缝隙

然而
死也这般苦
生也这般苦
一辈子为了一个信念
只等待一个机会
可以正名
可以证明
他们　她们生命的血
在历史的长河里
一样地激荡过　流淌过
而一样流淌过的血
就不该有红色与灰色之分
分的只是
你对历史的态度

如今音尘绝了
　　如今音尘未绝……
看历史的眼睛
为历史归位

2016 年 11 月 20 日

热情审判

没有人怀疑热情
当微笑
打开你心的窗门

没有人怀疑热情
当普天大地同声传唱
热烈的爱情燃烧着
整个沙漠

且慢
就有那么一双眼睛
在那一天　在黄浦江畔
审视过热情地走过
　　苏州河桥头蜂拥的人流
和黄浦江外白渡桥下
江潮下落
似乎将要沉睡的渔舟
他看到千万只脚
只是不留痕迹地路过

他看到打鱼人只管沉静地
辛勤地劳作
他在那一刻领悟
热情的声音越高
越替代不了
生命中内心的寂寞
唯有寂寞中的生长
才是生命长河中的温暖守候

所以　来吧
来自四面八方的风
我还没学会甘于寂寞
但已经准备好控制
那热情的流速……

2016 年 11 月 2 日

注:纪念沈从文先生。

一双被缚的手

当一千双手
　　一万双手
　　无数双手
绑你在海底
在你
会不会是一个绝望的开始
抑或一个沉默的结束
命运或许就是这样不公平

你的手啊
在平静　平静　再平静之后
静静地收起
从而避开了所有
艳羡的　鄙夷的　不屑的
目光
如刀光般的寒冷与锋利
如太过甜腻的蜜语里
包裹的巧克力
真实的　真诚的　非必要的

去吧　请
你的　你们的　所有的
你们的手
和你们的用力
在你已发觉我早已放弃的时候

一双被缚的手
将在海底走过它的世纪
不必等到
　　千年之后……

　　　　　　　　　　　　2017 年 11 月 2 日

让思想穿过身体

你的思想
不是天边的一片云
就算你采撷了来
不用挥手
它也会随时间的风远去

你的思想
也不是轻拂你脸颊的风
它惬意了你的心灵
但只是片刻
之后它依然会离去

哦　思想
为了让它属于你
你想象得到的还有什么
把它关进笼子吗
可失去了自由
你还有什么

阳光这时照见
沉思的你
但你已经不准备再受它
温暖的诱惑
你早已做出了选择
让思想如水一样
浸润　漫延　升华
穿过你身体的每一个角落
化作你生命的河流

到那时候
云淡　风轻
笼子也束缚不了
你带着镣铐
思想的手

2017 年 10 月 2 日

面纱的意义

终于忍住了
没有揭开那层面纱
保持住了你和我之间
理性的距离
你问我：
"人之间到底有没有亲密"
我选择了不语　其实
就算是"亲"贯注了情
那"密"不也还是有缝隙
有多少我通过你
以完成我自己的先例
世上本没有
两片相同的树叶
不是指纹路和外形
而是你生就了你的意识
而我也只能是我自己
孤独才是你我永恒的处境
面纱的意义
是让我们于孤独的绝望中

恍惚一下美的含义

2016 年 8 月 26 日

放下即安眠

放下
把你的手放下
不要让它像堆燃烧的火焰
放下
把你的身体放下
让它做一回沙滩上憩息的海水
放下
放下你的思绪　趁夜
让那热的空气一点一点煨尽
只剩下黑色的石头
沉入深深的夜……

2016 年 8 月 19 日

焦虑，黑猫的呼唤

今夜
你躺下那一刻没有天旋地转
据说幸福也是一种晕眩
可是你想要的感觉相反
你开始回想
回想焦虑在他的额头攀援
亦在你的眼角滋长
岁月已经深情地凝望你们很久
远去了青春的朦胧
留下几近干涸的河岸
只要看一看
日益分明他脸的轮廓
你已无意觉察的瞳孔里的光
还有你闭锁的嘴角两旁
焦虑留下来的遗物
正写在你的脸上

没有人
会欣赏焦虑如此生长

那是一股来自远方的火
它摧毁了容颜
一种生活的状态
生命由此不再从容
从容才是
美丽脸庞应该的模样

焦虑正是黑猫的呼唤
它的诱惑
接不接受全在于你的度量

2016 年 3 月 26 日

角落里奔走

三月不禁想起
朱自清先生的语句
"桃花　杏花　梨花
你不让我　我不让你"
可不是
竞相开放好不热闹
眼花缭乱应接不暇
走么　一起去赶热闹
哦不　我要等一下
耳旁分明响着那句话
"热闹是它们的
　　　我什么也没有"
是的　我选择了退守
在一个角落
在一个角落里观望
尽管有时候不免寂寞
但我的心里有一个声音
"给我一个支点
　　　我可以撬动地球"

我不奢望
但我清晰地知道
支点
一定支在角落
你去吧
我就在这里
　　这个角落
自在自由地奔走

2016 年 3 月 17 日

爱是模糊的视线

爱如潮水
是爱的汹涌和力量吗
一往情深
又是爱的专注和执着
柔情似水
爱的温柔喘息　美丽的

我却想说
爱是模糊了的视线
它让你幸福地随波荡漾
有时候也会冲你到
不知名的岸边
去吧
相信你爱的感觉
但也放一本书
在想象的岸边吧
当你迷路的时候
让那
风起吹动的书页

告诉你回来的路

2016 年 1 月 16 日

"历史无情"与"有情的历史"

我们常叹历史无情
多少沉浮又多少沧桑
殊不知
这一声慨叹的背后
正是对有情的呼唤
天地之间
茫茫人海
且不说从远古到现代
我们或许以功名留
或许以有情待
留下的只是记载
时间过去了就过去了吧
而有情却早已融入了血脉
只要有一个懂你的人在
即使千载之下百世之后
只一声轻轻的"嗨"
便会唤起如相晤对的感觉
再度重来

2015 年 12 月 23 日

生命与艺术

生命
正是以它的生生不息
伫立于天地
与天地共呼吸
而一个"不"字
正呈现出生命的活力

艺术
如若是生命开出的花
就需要自由的空气
坚实的土地
才足以成就艺术生命的
生生不息

曾几何时
我们禁锢的空气
窒息了一个个创造艺术的
生命个体的精神呼吸
我们目睹了百草园中

百花的凋零
然而我们又要再次惊异于
生命的生生不息
在寒冷的空气里
哪怕只剩下枝头一叶
放开你的眼　看那
满树的苞蕾
并没有等着一声春雷
而是静静地默默地
做好了张开生命的准备

至此
你还不相信
艺术是生命之花吗

2015 年 12 月 21 日

悲悯

二十年前
我不懂什么叫悲悯
却在生命的这一刻
恍然有悟
悲悯
是明明心中明是非
却让灵魂之光走出闸门
善意地　宽容地　耐心地
等候你
等候你漫长的修行

悲悯
更是心中没有是非心
看一切花草树木皆有情
视一切花鸟虫鱼为平等众生
慈悲为怀的人
他的身体与世人为伍
他的生命与天同在

2015 年 11 月 25 日

鱼的故事

当我们感动于那个
"相濡以沫"鱼的故事时
大概缘于它的背景
池塘的水干涸了
两条鱼彼此施与爱的口沫
将生命的时间延长
如果我们的感动仅止于此
那不过又成为一处美的绝笔
且慢
庄子先生意不在此
一句"不如相忘于江湖"的承接
会让你我豁然洞开
那就是　其实
苦苦相守一处
一起等到水干的爱的忠诚
或许倒是爱的悲哀
趁早相忘于江湖
却不失为一种智慧和大爱
因为放手

而成就了彼此生命的长远

2015 年 11 月 21 日

望穿红与白

你的执着是一抹红
我也曾经被红色的力量感染
欣欣然你的向往与展望
那一天
我在你偏执的脸上
觉察到滚滚红尘的意义
一袭华美的追逐
我默然
我或将倾心于白玫瑰
随着时间流逝孕育出
空有形式的苍白吗
掠过城市的屋宇望远
远处　更远处
我的目光所及之处
没有红与白
但或许有一轮未圆的月亮

2015 年 10 月 20 日

230

醒

这一天
你恰巧不太累的话
又收拾了一下自己
你的眉眼和发际便生起
一层萌萌意
似乎可追逝去的青春
非此
你才露出生活的本真意
当生活只剩下努力和证明
以及偶尔的叙述和回忆
你会不会怀念起
踩西瓜皮的随意
不仅仅是
那流线型的美丽
或许更有
身体的清醒
不止在清晨

2015 年 5 月 11 日

让累如秋叶之静美

累了
感觉身体如一片秋叶
连挺立枝头的力气也没有了
是该落下的时候了吧
躺在大地母亲的怀里
安静地睡去不是很美吗
然而秋风起了
掀起你
你便又准备启程了吗
听我的
别相信风的蛊惑
你累了
就找一个地方落下
安静地睡
让累如秋叶之静美

2015 年 5 月 2 日

形式　机械手

如果形式
已变成一双机械手
看
它把你的脸削得多冷漠
它还会把你的心掏空
让你的笑
只剩下一个动作
我不羡慕
我愿意以温柔
去温暖你的手
我愿意奉献我的真诚
哪怕倾其所有
我只想留一点灵动和
小小的真心的感动
而不愿看到越来越多的你
做一个空心人
在光鲜的形式里
让真正心的安宁
让真正心的快乐

放逐

2015 年 4 月 14 日

灵魂不需要去远方

你一起床
世界便不安
你那跳动的灵魂
经过一夜的旅行
还没有找到方向
这世上又有多少灵魂
如同你一样
在生命的长河里
随波逐流
无处安放
太久了
我们的灵魂
像夜空中放飞的"孔明灯"
想着去远方
却忘了
仅凭那一点光亮
便可以照亮脚下这方土壤
好好地珍惜每一个人吧
认真地工作　慢慢地吃饭

让生命里注满爱
你的心会在夜深的时候
问候你"晚安"
我们的灵魂若安静在此
你看得见
又何须去远方
看白云舒卷
看飞鸟相与还

2015 年 4 月 1 日

度的考量

有温度有态度
殊不知
冰冷与热情
是态度的修饰语
社会的法度
有了温度
才是最人性的制度
我们人生的高度和宽度
取决于我们内心的温度
走多远
别忘了还需要别人的帮助
而那恰恰也是一种温度
我们在寒冷的冬天里
期盼温暖的春天
爱带着余温的秋天
却总不大喜欢炎热的夏天
这似乎又告诉我们
人生不必追求那极度
适度就好

正如冬日的太阳与雪相遇
雪不太冷
太阳不那么热

2015 年 1 月 11 日

故居的影子

——访丰子恺故居记

不知道风
吹走了这块天空
第几片浮云
我来到这里——你的故居
一个靠河埠头的位置
我想找
一些斑驳的痕迹
来想象这老屋留下的记忆
我看到洁净的院墙内
年轻的樟树沉默不语
洁白的墙壁上
镜框内洁白的画儿
在一群游人端着的相机里
留下影子没有声息
我暗自担心
曾经的满满和瞻瞻们
如果他们再回来
找不到一柄骑马的蒲扇
和嬉戏玩耍的泥地

他们需要的记忆和
他们以外人们需要的记忆
大相径庭
我走过二楼窗子的时候
看到太阳走过留下的影子
这是这个下午
留存里我记忆里的唯一
一点儿温馨

影子只是影子
影子也可以是绿荫

注：满满和瞻瞻为丰子恺儿女。

节日之火

我看见节日之火
灼热了你的眼睛
燃烧成一个个空洞
你眼睛里的光
在最后的辰光黯然失色

在时光的隧道里
我看见你的手伸向光明
在光明的尽头
无数双手形成燃烧的火焰
而光明
却意外地随终于疲倦的手
暗落

这一刻
我看见一只火狐狸
在一个美的花环里玩火

2016 年 12 月 28 日

三月，你走好

三月的一夜
是死亡盛宴的一次消费
女人静静地走去
拉开幔帘
诗人已睡去
他不是一个幸福的人
因为他说了希望在明天
而他的离去却在今天
众多宾客
举起诗和远方的旗帜
却不知是不是有意把诗意拦截
因为诗人想要说的是
比诗和远方更远的
是孤独
而不是什么所谓的理想终点
诗人安静地睡去了
正是在春暖花开的三月
多年以后的这个季节
我们没有失去什么

也许是真的
但诗人或许还期待您
真诚的理解

肃穆
做一只黑色的蝴蝶
送走繁花的三月
道一声"走好"
默念
幸福的生活只在今天

2016 年 3 月 27 日

注：纪念诗人海子。

砂的痕迹

中心
这个国家永远的主题
一个由层级编织起来的主体
是由一朵朵可以忽略的小花
扎成的花束的美丽
是一条条不起眼的溪流
汇聚起来的大江大河的威力
小花和溪流
如果你要成为中心
就必须屈服于一个荣誉的美丽
而忘却你自己
如果你想要去中心
历史告诉你那是不可能的努力
唯一还有一种可能
保持适度的远离
相信"思"的独立和
这一刻感觉的真
是否也期待
在流动的水前去的时候

留下一粒沙的痕迹
似乎也不必
如果你记取的是曾经

2016 年 1 月 23 日

一颗小石子

你做的
每件事
都是一颗小石子
它投进了瓶中
瓶里的水
便长了一寸
乌鸦有幸　它喝到水了
你说的每一句话
都是一颗小石子
它投进了心湖
便泛起了涟漪
它沉入水底
便是多少年后的陆地
相信我吧
你是一颗小石子
它有重量
就一定会有印记
它有体积
就一定会占据

占据你爱的人的
心灵

2015 年 4 月 24 日

蜗牛的理想

女孩问：
"蜗牛的理想是什么"
蜗牛吗
背着重重的壳儿
慢慢地
爬
在湿的树干上　或是
不小心在干干的墙上
它有方向吗
好像似乎都是向上
不然就是沿着墙角
在你看不见的地方
蜗牛的理想吗
就是爬吧
爬向有绿色
它以为的前方……

2016 年 7 月 22 日

你在飞

尼泊尔地震
也门战争
多少人死亡
多少人无家可归的消息
连同四月某夜的"妖风"
伴随新生命初长成和夭折
一起冲击着你的大脑
让你在幸福的恍惚中
静默　很遥远很近
世界　并不太平
迎着清晨的曙光
我看见了你——小喜鹊
蓝天是背景
高楼是栖息地
爸爸妈妈带着它们飞一圈
便勇敢地自己飞
一年一度
也许并未受邀
但是它们依然来访

看见了　我看见了
生命的生生不息
那我们
还有什么理由
黯然神伤
我们祈祷
我们接受
我们顽强
我们活在土地上
看小喜鹊飞翔

2015 年 5 月 1 日

高考情结

你曾告诉我
高考的前一天下午
你还在田埂上开手扶拖拉机
我也记得
我的高考分数出来
叔叔在楼下高声喊
我们这一代都有着高考情结
那就是
考出去
离开成见的偏见的
脚踩泥土还显贫穷的家乡
去远方
三十年河东河西呀
你陶醉你陶然的微笑
你锁向金笼不知归航
却在梦中
去闻泥土的芳香
在精致的餐桌上
想念曾经房前屋后的家乡菜

多少人
还有多少人的高考情结
续写着出国梦想
我只知道
那打结的方向向外
就一定会折回来
所谓峰回路转
皆人生方向

2015 年 2 月 22 日

以你的原点作起点

以你的原点作起点吧
告诉你自己
你已经走了很长很长的路
这路上的每一个脚步
都是你人生的印迹
你别忘了
命运之神
曾让你找到回来的路
如今
熙熙攘攘的人群里
你就看花了眼吗
你忘了你的起点
忘了你的初心
忘了吃饭就好好吃饭
睡觉就好好睡觉
忘了执子之手
便要跟她一起走
忘了
以你的原点作起点

你已经足够！

2015 年 1 月 28 日

安静的力量

安静
是归航的帆船吗
是蓝天
　　　白云在飘
是遥远的海
　　　与石的微语
还是
那某一处居所的角落
在莫奈的笔下
安静
莫过于
池塘中的睡莲
它告诉你
安静的力量
是生长

2015 年 1 月 23 日

情伤

前一天举国悲愤
后一天又举国忧伤
伴随冬来凄风冷雨的合唱
让再前一天零下一度的驱逐
显得那么轻淡

这里的历史写着每一个人
都想借着潮起的情绪
来装点一下自己
乃无暇顾及
潮落的时候心生茫然
依旧孤单

也许是原本就注定的孤单
我又一次选择了悄悄离开
不是吗?
没有亲身经历国难的悲愤是渲染的
没有受过离别之苦的乡愁是假的
故意揣度凄风冷雨一定是冷的

你的意志未必不是自作多情的
我只走在风雨里
等雨从撑起的伞沿落下
让风吹过来
我就站在风雨里
感受一个季节的冷
正如流转过去的炎夏……

2017 年 12 月 15 日

今夜只吟"子非鱼"

正逢佳节
庄子登门
击缶而歌
吟诵着"子非鱼"
我正惑而不解
庄子击着缶扬长而去
留下余音
"子非鱼子非鱼"

可不吗
子非鱼
焉能妄自揣测鱼之乐否
子非花
却臆断落花乃风干的忧伤
又抑或子非雨
非要认定雨是鱼的朋友
落花的情敌
……

够了吗
不用管还有什么了
这个夜雨的晚上你该
幡然醒悟心知肚明
我不是你
我不想变成鱼
我也不再妄想你的痴心
嘿　鱼儿
你悠游着你的悠游
我看着
不忧也不喜
因为今夜庄子送我"子非鱼"

2017 年 10 月 2 日

海与诗

据说
海是我们最初的母亲
而太阳
是我们的父亲
海在日月影响下的潮汐
正如同我们心的韵律
有一天
这美妙的韵律找到了诗
于是
诗就成了海的化身
那波浪似起伏的诗行
那不经意间
打动你的音律
你说是生命的渴望
与呼吸
而其实　是我们
于诗的波浪里
听到的

海的声音……

2015 年 1 月 1 日

阅读，是最好的纪念

这是梅雨季
一个无雨的清晨
我打开一本旧诗集
像走进一座闲置了很久的老宅
阅读那一页页诗行
犹如透过一扇扇窗
在每一扇窗的背后
我依稀看见卷首你年轻
而略带忧郁的眼里
跨越岁月的期盼
诗人
我看见了
看见了你的青春
你曾想航行阿拉伯的梦想
我想告诉你那也是我的
诗人
我又看见你的《时间与旗》了
您恢弘的气魄　您的愤慨

让我又一次对旗的力量有了

深刻而震撼的印象

你的血脉

早就和你深爱的祖国

息息相通　历史的沧桑也

不能改变你对黎明曙光的向往

但历史真的教会你

只会唱赞美的歌吗

你用诗的语言说

"昏暗的世界

　　　你掀开大海般的胸怀"

你选择回到西北高原

继续追寻你青春时的梦想

你　和你的诗句

化作了一棵棵北风劲吹下的秋草

在沙漠　在戈壁　在草原

在黄昏悄悄走近的时候

静默地歌唱

而我以为

您留下的是

一颗沉在深深海底的珍珠

让我们在历史无声的波涛里

伴随古城墙上的那一抹夕阳

沉思默想……

2015 年 6 月 7 日

注:纪念诗人唐祈先生。

外白渡桥会晤

六十年后
外白渡桥头某大厦的窗口
又一双眼睛在寻觅
喧嚣
千人万人的脚曾在此走过
安静
打鱼人江中艒艒船的场景呢
六十年了
江水依然涌向吴淞口
海依然辽阔
外白渡桥的铁栅牢靠依旧
车流人流依稀
艒艒船恍然不见早已成故旧
谁会忆起大厦的哪个窗口
曾经潮涌碰撞的思绪
就在那一刻做出了选择
在涌去的潮头前去的时候
停下了
不是退下了

做一个捞鱼虾的草帽人
从此只微笑着低头劳作
深深地沉入古旧的服饰里
去追寻有情的传统
任由江水天际流

外白渡桥头
六十年后某大厦的窗口
天空下起了微雨
先生微笑着的眼睛
就在那短暂的微雨里
和我短暂相遇

2017 年 8 月 28 日

注：六十年前，沈从文先生曾在外白渡桥边的上海大
厦居住过。

台北·印象

站在
这块土地上
你需要一点儿镇定
地铁的人群
如同天空的云
都有自己的方向
你却莫名所以
在热心的叮嘱声里
你也曾忘却陌生
但在例行的微笑背后
也感受着不可逾越的距离
裹紧
裹紧夜色里你的身体
在一幢幢结实厚重的建筑面前
流连　穿梭　静默　站立
你在想
这片土地的先民
花了多少年的时间
才安居

而现代历史
又用了多少制度
一点一点建立起它的秩序
保持
谨小慎微地保持着
它在汪洋中时刻被提醒的
镇定

风来了
　　雨来了
　　　　　夜来了
意识流来了的时候
我看见
雨打的芭蕉叶
在梳理
　　它破碎的叶
水滴下去的时候
抬起的是一张
城市的脸

2016 年 8 月 11 日

我在秋天走近你

——访林风眠故居

我从没想过
我会选择什么时候
走近你
就这样　在秋天
在秋林还未染成霜红之前
与你相遇
在你这里
那柳絮朦胧着的春意
永远不会是历史的记忆
那林间枝上停泊的鸟儿们
它们在春天里穿着黑色的衣服
只是想表示一下它们的冷峻
又何曾掩饰得住
它们跃跃欲试的青春
一切是美　是活力　是光明
但我又分明看见你画出
黑夜里一张张孤独的脸和
一双双彷徨无助的眼
这一天

我进门就看见墙上你的影像
他静穆安详如水
我惊异你曾经的桀骜不驯
了无踪迹
我忽然又想起你的名字
林　风　眠
也许一路走来
您更愿意在林中
在风里长眠
而从来就没想
眷恋人间的梦境
这一天
我在你的画前流连
我走近了你
认识了我自己

2015 年 9 月 23 日

静秋·SUN·爱
——观《山楂树之恋》后感

静秋和三哥
之间　隔着一条河
是静秋渡过了河
遇见了三哥
三哥　那是静秋心里的
SUN　她的太阳
不热烈　但温暖且耐久

静秋遇见了三哥
三哥就常常渡河过来
看她　河
成了静秋心里幸福的黄丝带
他们一起嬉戏在爱的河里
仿佛忘记了河水
有那么一丝丝清凉
谁也想三哥就那么
靠在静秋的肩上　永远
静秋编的小金鱼永远挂在
三哥的钥匙圈上……

静秋和三哥

之间　隔着一条河

静秋渡河去寻找三哥

他们的绝唱

止于那个夜晚　洁白的被单外

静秋紧握住三哥的手

然后轻轻地合上

山楂树

山楂树不是长在河对岸

它长在河对岸远远的山上

静秋和三哥

都没有见过它开的花

在三哥心里

山楂果是红色的

山楂树的花也一定是红色的

因为静静的秋不也是红色的吗

但在静秋的心里

山楂树的花已经变成了白色

因为白色的想象才可以寄寓

她对三哥的思念

为了他

她宁愿静秋改变她的颜色

静秋和三哥

哦不　静秋和 SUN

之间　原来没有河

正如山楂树

在水里也可以开花

哪怕流水褪去了它的颜色

2016 年 12 月 4 日

透过《芳华》的镜子

一块黑色的绸布蒙住了
1976 年
一个时代伴随所有人
模糊的脸过去了
然而审讯仍在继续
在时代的镜框里
人性的善与阴暗仍然显得
那么清晰
没有随时代而过去

血与火的洗礼蒙住了
所有人的眼睛
在英雄的赞歌里
一个十六岁生命的逝去
失去的一支胳膊和
一双从此张惶的眼睛
也注定要被删除出记忆
在战争的镜框里
人性的善和阴暗又一次映衬得

更加清晰

陌生的车站聚散的
不是两情依依
而是两个不被善待的生命
文工团解散不过像是
打破了个镜框
打破了这个你应该知道
还会有另一个框子等着你
我不祈求不被善待的人
拥有平安幸福的人生
我只想清醒
人性的阴暗不会因框子而美丽
人性的善良不会因芳华而逝去
不被善待而善待众生
善良之光终会点亮阴暗的灯

2017 年 12 月 20 日

注:《芳华》为冯小刚导演的电影作品。